Ça fait près de vingt ans que, je n'ai pas mis les pieds sur cette île paradisiaque, En effet, aujourd'hui, Nous sommes le vingt et un juin deux mille six et je suis enfin là avec mes enfants.

Jean-Christophe et Elodie mes jumeaux et Alycia Ma dernière qui a eu deux ans, le dix mars. Les trois chéris sont émerveillés dès notre atterrissage.

À l'ouverture des portes un doux parfum de plantes nous accueil.

- Humm ça sent bon.

Me dit Elodie.

- Et il fait chaud, comme c'est beau tous ses palmiers, ces différences de verdures

Les enfants découvrent au fur et à mesure des senteurs, des nuances de couleurs et des sensations nouvelles.

Pendant ce temps, je cherche mes bagages sur les tapis roulant, tout en scrutant la foule à la recherche de Marylène la petite sœur de Marie-Line qui est mon amie depuis plus de vingt ans, à Marseille.

- Les enfants ! je ne trouve pas Tati Mylène, alors vous restez bien près du chariot avec les bagages et moi je vais voir si elle n'est pas plus loin.

Il y a beaucoup de monde dans l'aéroport, car il y a eu deux avions qui ont atterri presque en même temps, alors dans cette marée de vacanciers et de bagages, je ne devrais pas trop m'éloigner des enfants, je retourne donc vers eux, ils sont fatigués mais tout excités.

Je téléphone à Mylène pour savoir où elle se trouve notre avion ayant eu trois quart d'heure de retard, elle a très bien pu faire un rond (un tour).

- Allo ou es-tu, que fais-tu et avec qui ?... J'aime bien dire ça !

1

LBD

- Moi je suis là !

Me dit-elle avec son accent nonchalant.

- Où là ? devant ou dans l'aéroport ?

- Dehors ça fait une heure que mwin ka atten !!!

Pendant qu'elle me parle, je vois sa chevelure caramel et ses grands yeux moqueurs traverser la ruelle qui nous sépare.

Je termine la communication et je l'embrasse tout en la grondant. Plaisanteries obliges.

Marylène à trente ans c'est une belle jeune femme pleine de vie, une vraie vitamine, elle se rend à Marseille chaque année, mais on a toujours de quoi papoter.

Donc durant tout le chemin, du Lamentin jusqu'à sainte Marie, nous parlons de tout et surtout de sa sœur.

Derrière les enfants se sont endormit et nous papotons toujours. En même temps, j'essaie de reconnaître le chemin dans la considérable métamorphose du paysage causé par, beaucoup de nouvelles constructions.

C'est en arrivant dans le village de Mamie Jeannette et Padédou, à Bezaudin, que mes vieux souvenirs refont surface, La famille de mon amie, qui est devenue un peu la mienne est une très belle famille, comme on en avait à l'époque.

Mamie Jeannette et Padédou sont les parents de huit enfants, six garçons et deux filles, dont Marie-Line mon amie et sa petite sœur Marylène, et les garçons, Franck le rasta, Denis le travailleur, George l'ambitieux, Gaëtan le voyageur, Jean-Luc le frimeur, et Paul-André l'homme des bois alias Polo.

Dans ce bourg rien n'a changé, le paysage vert et parfumé aux arômes mélangés, entre mer et campagne, les bœufs ruminent le long des routes, des maisons poussent de-ci, delà, tout en respectant l'harmonie des lieux, seul point négatif qui gâche, quelques épaves de

2

voitures laissées, à l'abandon. La végétation pousse à travers les sièges autos et les carcasses rouillées...   Il est sûr qu'un jour très proche des solutions contre cette pollution devront être misent en place, En attendant on ferme les yeux.

Marylène nous dépose et ne reste pas car elle travail ce soir.

Pour en revenir au décor, la résidence familiale a subi, quelques modifications, d'agrandissement.

Polo, le plus jeune fils a fait construire un étage sur la maison des parents, et Franck l'aîné, a bâti près du logis, une maison mitoyenne cachée par la végétation et de grands arbres fruitiers tels que, barbadine, fruit de la passion, carambole, cocotier, le tout situé entre la rivière et le foyer, un vrai petit paradis.

Mamie Jeannette est restée la même, toujours taquine et très accueillante, une grande dame de la campagne, bien en chair, avec des yeux moqueurs et à la peau chocolat bien dorée par le soleil.

Padédou, Nous a quitté, c'était un petit homme fin mais robuste, il était toujours en activité, jardinage, bricolage ou autre, peut bavard Padédou, était de bons conseils, son absence laisse un vide, avec de très bons souvenir.

Enfin voilà, la vie à l'aire de continuer paisiblement, Mamie nous oriente vers la chambre d'amis, on y dépose rapidement nos bagages. Les enfants découvrent la maison et surtout le jardin, une grande densité de plantes, de fleurs, d'arbres fruitiers, d'insectes, de lézards verts, et deux chatons sans nom qui jouent sans cesse avec tous ce qui bouge.

Alycia la dernière à deux ans, je l'ai déjà dit, JC et Elodie les jumeaux, vont fêter leur anniversaire, le dix-huit, juillet, 9 ans déjà.

Mes explorateurs ne savent plus où donner de la tête, tant il y a de choses à découvrir, dans ce jardin qui n'est pas si grand mais tellement riche. Maintenant ils ont faim, Mamie nous a préparé du poisson frit avec des Bananes bouillies, bizarrement les enfants ont adoré, d'habitude le poisson ça passe pas du tout, mais dépaysement oblige tout est différent.

3

Après le repas, les enfants sont douchés et au lit rapidement car la journée a été très longue pour eux.

Jeannette est en grande forme, elle a des vacanciers, comme ils disent. Elle me confit que notre présence lui fait beaucoup de bien, Elle va pouvoir parler à quelqu'un. Même si deux de ses garçons sont tous près, Mamie Mannette est celle qui ressent le plus l'absence de Padédé. C'est donc Jusqu'à la tombée de la nuit, que Mamie et moi, discutons d'ici, de là-bas, de tout de rien et beaucoup du passé.

Cette nuit-là, à trois heures trente précise, Alycia se réveilla, et, quand elle est réveillée, il faut que toute la maison soit levée. Maman de l'eau, maman, pipi, maman faim...

La Louloute, Titou, Didi et moi sommes debout, je suis gênée car Alycia ne sais pas chuchoter et je ne peux pas les obliger à dormir, puisqu'à Marseille, il est à peu près dix heures du matin. Je décide donc de conduire ma bruyante troupe hors de la maison et en pyjama.

Il fait encore nuit on entend des sifflements incessants comme des cigales mais plus aigües, ce sont des grenouilles, de minuscules grenouilles. Sur le chemin que nous prenons, une chèvre nous salut, plus loin c'est le tour d'une vache, ensuite les coqs commencent à chanter, un ici, un plus loin, un autre encore plus loin, celui-ci reprend et un autre répond là-bas, et ce concerto dure au moins deux à trois heures.

Durant la balade les enfants prennent la décision de rester vivre ici car chez nous me disent-ils, il n'y a pas toutes ses couleurs, ses senteurs, les jolies maisons, les animaux, les fruits à portée de main...

Je ris car les enfants sont comme des fous, et je les laisse faire, ça fait du bien d'être fou de temps en temps.

Nous rentrons mais il n'est que quatre heures trente, les maisons dorment encore, pour ne pas faire de bruit, j'installe les enfants autour de la table sous la véranda. Je leur donne quelques biscuits qui me restaient du voyage et là, on entend un bruit, derrière les buissons, qui séparent le jardin et la route, un bruit de branches qui

4

se cassent et de pierres qui roulent, et nous percevons ces bruits sans rien voir.

Une petite frayeur m'envahie mais en tant que maman, je me dois de rester digne, les enfants sont plus curieux qu'affolés, alors j'empoigne courageusement un balai et me dirige vers le buisson, ça me rappelle il y vingt ans au même endroit, avec Zozo mon amie d'enfance. Maintenant ce n'est plus une petite frayeur, je suis complètement effrayé, car d'étranges souvenirs refont surface, des souvenirs d'il y a vingt ans.

Ma mémoire est parfois bizarre, j'ai parait-il une mémoire sélective et je retiens un peu, ce que je veux bien retenir, pourtant cette fois tout est revenu d'un seul coup, alors qu'avant cette nuit, je n'y avait jamais plus repensé.

Nous étions, dans ce même jardin, plus grand et plus sombre, et comme ce soir, nous étions dehors à quatre heures du matin, quand un bruit au même endroit derrière le buisson entre le jardin et la route, nous avait fait sursauter.

Aux Antilles et surtout dans les campagnes on nous raconte des histoires étranges, alors dans cette ambiance nocturne, spéciale, tout individu sursauterait.

Le souffle coupé, Zozo et moi restons sans bouger assises les yeux fixés sur le buisson qui continu ses mouvements et ses bruits. Notre peur accroît, au même moment nous nous emparons d'une roche assez grosse pour ne pas rater le buisson, on se rapproche du buisson qui continu son manège, et je ne sais pourquoi, toujours ensemble nous lançons nos roches, sur le buisson qui se met à crier.

- Kaï,kaï,kaï .... !

C'était un chien tous noir avec des poils gris sur la tête, il partit en boitant nous l'avions touché à la patte.

Le passage de la frayeur à la désolation pour cette pauvre bête nous fit éclater de rire. On se moquait l'une de l'autre de nos réactions, une bonne montée d'adrénaline.

Le lendemain matin, nous nous empressions de faire rire mamie en lui racontant, notre mésaventure, mais cette dernière n'a pas ri du tout, elle s'est même montrée très sérieuse et froide et nous défendant fermement de ne pas sortir de la maison après minuit.

Un peu vexées nous nous regardons, Zozo et moi, et comme d'habitude notre humeur positive prit le dessus, c'est les vacances pas de prise de tête et pas de temps à perdre. Notre programme étant journée plage, nous acquiesçons aux conseils de mamie et allons préparer nos sacs, nous nous installons à la table sous la véranda, pour attendre le car, ou plutôt le taxi brousse qui klaxonne à chaque pâté de maisons.

Assises face à la route, Zozo me dit.

- Lydia, Regarde cet homme derrière le buisson.

- Je le vois ! qu'est-ce qu'il a ?

- Il m'intrigue, pourquoi il nous regarde comme ça et qu'est-ce qu'il a dans les mains.

Je trouve Zozo très tendue et pour la détendre je lance.

- Bonjour monsieur on peut vous aider ?

Mais l'homme ne bouge pas, il continu ses regards insistants et ne me réponds pas.

Heureusement, le klaxon du taxi brousse tant attendu nous appel, nous nous empressons de grimper dedans, et c'est en nous éloignant que nous avons pu voir le type qui ne nous avait pas quitté des yeux, il marchait dans notre direction en boitant, avec une roche dans chaque main.

Sans rien dire tout au long du parcours jusqu'à la plage, nous étions déconcertées.

6

Arrivé sur la plage de trinité, l'ambiance occasionnée par le tour du cyclisme, international de la Martinique était terrible à vous faire oublier tous vos tracas, d'ailleurs nos péripéties ne devinrent que de lointains souvenirs.

IL y avait un podium sur la plage avec des animateurs qui organisaient des jeux dans l'eau, sur le sable, devinettes, concours de danse, tout pour s'éclater avec les baraques qui distribuent des cocktails et des bokits, le top climat vacances.

Le temps passa tellement vite que la nuit commençait à tomber et il n'était pourtant que cinq heure trente, malheureusement pour nous les taxis brousses avait terminé leurs tournées. Trinité n'est qu'a six kilomètres de Sainte Marie avec encore quelques six kilomètres pour arriver à Bezaudin. Et à pied après cette intense journée de plage, nous n'avions plus aucune énergie.

Nous hésitions entre le stop et appeler un des frères de Marie-Line, Zozo avait un petit faible pour Dédé et moi pour Denis, mais ni l'une ni l'autre ne se décida à faire le pas, et dans ce cas l'appel.

Nous commencions à prendre la route à pied en direction de Sainte Marie quand un automobiliste et sa femme, nous interpellent pour nous demander leur chemin, c'était surement des vacanciers égarés, et en bonnes citoyennes nous leur proposâmes de les accompagner puisqu'ils allaient à st Marie. En chemin ils se présentent Monsieur et Madame Genfile qui ont gagnés un voyage à une tombola et qui vivent à Aix en Provence.

Avec Zozo on se regarde l'air de dire venir de Marseille pour rencontrer des gens d'Aix... Bref ils sont sympathiques et même drôle. Nous arrivons au bourg, saluons nos compagnons de route, et nous trouvons toujours sans transport pour aller jusqu'à Bezaudin.

Nous nous installons sur la place des taxis, c'est un peu anarchique ici, il peut y avoir un taxi qui passe et qui nous prenne, et il peut y avoir aussi des jeunes hommes qui nous ai repérés nous les vacancières, pas prétentieuses mais à voir leurs regards de mort de faim (comme on dit à Marseille) on se sent comme de la viande

7

entourée de fauves, réflexion faite il valait mieux, vérifier les têtes avant de lever le pouce.

Heureusement, Denis qui revenait du travail, passa devant la place et nous ramena à Bezaudin. Sur le chemin, en voyant des chiens errants, nous nous sommes misent à penser puis, à parler du chien que nous avions blessé le matin, et cette fois sans rire, Zozo s'interrogeait, beaucoup.

- Denis ! tu crois aux gens qui se transforment en chien ?

- On m'a souvent raconté des histoires à ce sujet, mais personnellement, je n'y ai jamais été confronté, je crois que ce sont des légendes.

- Des légendes ? Mais tu n'as pas entendu, ce qui nous est arrivé ce matin ?

- Non je ne vous écoutais pas vraiment...

Je trouve qu'il à l'aire préoccupé, alors je me tourne vers Zozo avec de gros yeux,

- Je crois qu'on s'est fait un film, avec ce chien et ce type, devant la maison, laisse tomber... !

Ma réflexion a retenu toute son attention.

- Quel chien et quel type.

- Ce matin vers quatre heures, nous n'avions plus sommeille, on s'est installées dans le jardin en face de la route, on discutait de choses et d'autre quand on entend derrière le buisson qui sépare la route du jardin, un bruit de branche qui se casse et de pierres qui roules, on panique et on balance sur le buisson deux grosses roches une chacune, et en fait on s'aperçois qu'il s'agissait d'un pauvre chien que nous avons blessé à la patte puisqu'il est reparti en boitant.

- Il n'y a pas de type ?

Je poursuis.

- Attend ce n'est pas fini, mais ralenti parce qu'on est presque arrivé et quand on en a parlé avec mamie, elle nous complètement refroidies, alors arrête toi un peu avant comme ça, ont fini.

- Ok je me gare.

- Donc ce matin en attendant le taxi, Zozo remarque un homme derrière le buisson, je l'ai interpellé exprès pour savoir ce qu'il voulait, mais, il ne me répond pas et ne bouge pas. Jusqu'à ce que le taxi arrive, là on prend nos sacs comme des folles et on se rue dans le taxi. En regardant dans la vitre arrière on a vu le bonhomme qui boitait derrière le taxi avec deux roches une dans chaque main.

- Bon les filles vos blagues Marseillaises... excusez-moi mais là je pense qu'à une chose c'est, douche, mangé, en rhum et Dodo.

Zozo dans un état, à la limite de la crise de nerf.

- Mais ce n'est pas une blague !!!

Malheureusement pour nous les deux folles Marseillaises, notre réputation nous joue un sal tour. Avec nos blagues et nos tours de télépathies, voilà où ça nous mène.

- Votre histoire ressemble étrangement à celles que j'ai déjà entendues, je vis ici depuis plus de vingt-cinq ans, et comme par hasard, vous arrivez de métropole et là, vous êtes témoins d'une transformation....

- Allez les doudous, faut que j'y aille n'hésitez pas à m'appeler si vous avez besoin, Allez à demain si Dieu veut.

Il fait demi-tour et nous rappelle,

- Au fait, S'il y a quelqu'un qui connait bien ces histoires, c'est Monsieur Pagnon, il est un peu bizarre mais il en connait un bout, si vous aimez le fantastique il habite derrière la maison en haut de la colline.

- Ok à un autre soleil, dit Zozo agacée.

- Je passe vous prendre demain à 9heure prenez vos maillots et serviettes.

- Allez ma Zozo, on est arrivée on en parle plus devant mamie, et on se détend, on sourit on a plein de choses à raconter, peut être que Dédé sera là ce soir.

Zozo retrouva le sourire, nous avons rejoint Mamie, qui se détendait sous la véranda avec Padédou, nous leurs racontons notre journée sans rien dire sur ce matin. Ce n'est pas l'envie qui nous manquait.

Pour couronner le tout pour ma belle Zozo, Polo qui arrive avec son solex pétaradant, et lui propose de faire un rond.

Il est vingt heure trente, Mamie est allée se couchée il reste Jean-Luc, un charmeur, imbu de sa personne, à la limite du ridicule mais sympathique, et Padédou, nous sommes tous les trois autour de la table toujours sous la véranda, cette fameuse véranda ou on arrive à se sentir parfois si bien comme ce soir et d'autre fois si troublé.

Ce soir-là, nous étions bien, les grenouilles avaient commencé leur concerto, et nous avions même des lucioles qui virevoltaient dans le jardin, Padédou nous avait servi un délicieux rhum arrangé dont il garde la recette en secret.

Nous étions donc paisiblement en train de siroter notre verre, lorsque, l'histoire de ce matin me revint, et donc Mamie étant couché je me permis adroitement d'ouvrir la discussion pour en savoir plus.

- Il est trop bon ton Shrub Padédou, il se laisse boire, j'aime beaucoup son petit parfum d'orange, en plus il n'est pas trop sucré, il est exquis.

10

- Hum !

- J'interroge Jean-Luc, toi aussi tu sais préparer des rhums arrangés ?

- Non papa ne m'a jamais initié, et c'est bien dommage.

- Il faut transmettre les traditions aux jeunes Padédou, si non toutes les bonnes valeurs culturelles, tout notre patrimoine risque de disparaitre...

- Hum !

- A parlant de tradition, c'est qui Monsieur Pagnon ?

Padédou en portant son verre à ses lèvres me regarda, étonné, il prit une gorgé, la déglutie tout en l'appréciant, et me dit :

- Qui t'as parlé de lui ?

Répondre à mes questions par des questions, il n'y a rien de plus enquiquinant, mais je reste cool, et je réponds sans rentrer dans les détails.

- Avec Zozo très tôt ce matin, il nous est arrivé quelque chose de bizarre, on en parlait dans le taxi quand un jeune qui nous écoutait, nous a suggérer de rentre visite à cet homme qui habite en haut de la colline derrière la maison.

Jean-Luc, était en face de moi et il essayait discrètement d'attirer mon attention, mais lancée dans mon investigation, je continuais.

- Et avant d'aller lui rendre visite je voulais ton avis Padédou, je voulais savoir si cette personne était vraiment aux courant des phénomènes étranges qui se passent ici la nuit.

- Je ne sais pas ce qu'il vous est arrivé ce matin, ni qui est ce jeune homme qui vous a informé, mais il faut que tu saches, qu'il se passe des choses pouvant dépasser tous ce que tu peux imaginer, et si tu ne veux pas perdre l'esprit comme

11

certaine personnes ici, prend du bon temps, passe de bonne vacances et surtout ne cherche pas à en savoir plus.

Lulu est devenu tout à coup moins discret, il finit

Sa dernière gorgée, posa son verre bruyamment, expira comme pour rafraichir son allène et me dit.

-   Il y a une fête à Sainte Marie, tu m'accompagnes ?

-   Padédou ? j'aime bien comprendre les choses...

Jean-Luc se lève, me prend par la main et m'enlève.

-   Allez la vacancière, on y va !

Ok j'ai compris, je me laisse entrainer, j'ai peut-être été un peu loin, main Padédé est tellement zen, qu'on a l'impression que tout peut être abordé. Nous entrons dans la voiture, et je continue.

-   Tu ne te pose pas de questions toi, sur ces histoires, qu'on raconte... ?

Il démarre, et sa conduite me fait changer soudainement de sujet de conversation. La route de Bezaudin est en fait un chemin sinueux et, prit à vive allure dans la nuit, et en descente, peut être fatale. Malheureusement ici beaucoup de jeunes conduisent ainsi.

J'aime les sensations fortes mais là je n'ai pas confiance du tout, n'oublions pas le petit verre que nous avons dégustés, et ceux que je n'ai peut-être pas vu.

-   Hé, tu peux ralentir, je n'ai pas envie de finir dans le décor.

-   T'inquiète pas je suis un pilote de formul1.

Il met la musique, du zouk love, peut-être pour me rassurer, quand on est jeune, on est un peu con, alors je fais ma forte et je regarde d'un air détendu le paysage qui défile, et que je n'arrive pas à distinguer dans la nuit et la vitesse.

12

Alors faisant mine d'être à l'aise, je continue mon inquisitoire.

-   Padédou ne m'a pas dit si je pouvais aller rendre visite à Monsieur Pagnon.

-   Je sais qu'il n'est pas facile, en plus il ne parle que créole, et moi-même j'ai du mal à le comprendre, son fils c'est zéphyrien tu sais celui qui marche doucement, avec la casquette jaune.

-   Oui je vois, tu irais avec moi demain pour faire l'interprète ?

Nous sommes arrivés à Sainte-Marie et en effet l'ambiance est encore au rendez-vous, il y a un grand podium qui donne le dos à la plage et tout le long se sont installés des cabanons avec possibilité de boire des cocktails, ou autre, des grillades sont organisés, tout pour satisfaire toutes les envies, d'ailleurs Lulu me dirige vers une grosse baraque en tôle, ou je pouvais ressentir les vibrations de la musique qui était diffusé à l'intérieur.

Nous entrons donc dans cette mini discothèque aménagée provisoirement pour l'occasion. Elle est tellement pleine qu'il n'est pas question de discuter, c'est coller coller directe, le sable remonte en poussière soulevée par les piétinements de tous ce monde, la transpiration, les odeurs, l'horreur.

Je me rends compte au contact de Jean-Luc qu'il a une idée derrière la tête, quelle nouille je suis, si je n'étais pas complètement obsédé par ce chien aux deux roches, je l'aurai vu arrivé celui-là, maintenant je vais être obligée d'être polis.

Je prends encore sur moi, en faisant mine d'apprécier ce bain de foule chaude et humide, souligné par l'étreinte de mon cavalier, quand je vois parmi tous ce monde ma Zozo qui se love complètement dans les bras de Polo, la chance, avec celui qui lui plais, c'est sûr que tout est fantastique, n'empêche, qu'elle tombe bien, je suis sauvée !

Je m'extirpe des bras de Lulu et me faufile jusqu'à Zozo, ce n'est pas la peine de parler elle ne m'entendra pas, je tape sur l'épaule de Polo ce qui lui permet de sortir de son état d'hypnose, et de

13

réanimer sa cavalière, elle me fait de gros yeux, qui veulent dire j'espère que tu as une bonne raison de me déranger, mais comme la puissance des décibels ne permettent pas les discutions, je lui adresse un grand sourire dont moi seul ai le secret et je la tire jusqu'à la sortie.

- Qu'est ce qui se passe, et qu'est-ce que tu fais là.

Au même moment les deux frères sortent de la case à musique, je suis mal à l'aise, contrariée, et Zozo l'a bien compris, toute les deux on se connait depuis la 6ème, on a développée des techniques de communication au-delà du réel. Il est déjà 23heure10, et Zozo joue avec l'avertissement que Mamie Jeannette à donner.

- Il est presque minuit, ça ne vous dérange pas si on rentre maintenant, Mamie nous a fortement conseillé de ne pas être dehors après minuit.

Tous deux se mettent d'accord et Jean-Luc met le solex de son frère dans le coffre qui ne se ferme plus et tout le monde en voiture, Polo derrière avec Zozo, et moi copilote avec Lulu.

Cette fois nous roulons doucement pour ne perdre en route le solex. La monté vers Bezaudin deviens un agréable moment, il fait bon, les vitres ouvertes nous sommes caressés par l'Alizé, la route n'est pas éclairée car nous passons par une route de campagne, le sifflement des grenouilles est tellement fort que l'on n'entend presque plus le bruit du moteur et le craquement des pneus sur la terre.

Arrivés à la maison, épuisés par cette longue journée très animée, nous nous retirons avec une seule idée dormir.

La chambre d'amis, a une entrée qui est indépendante de la maison, ainsi on risque moins de déranger. Mais ce soir-là, nous ne risquions pas de perturber le sommeille de la famille car malgré la multitude questions qui se posait, nous nous sommes jetés dans le lit et avons dormies comme des souches.

Jusqu'à ce que Zozo me réveil. Il était exactement quatre heures, je n'avais pas eu mon cotas de sommeil, mais depuis que nous

14

sommes ici, je crois que le rythme de notre vie est complètement anarchique au grès de la vie de vacancières et des évènements qui se présentent.

Elle avait ouvert la porte de la chambre s'était assise sur le perron.

- Bonjour, déjà debout, tu as fait un rêve torride… ?

- Même pas, les moustiques m'ont agressée, je suis réveillée depuis plus d'une heure, et comme avec tes ronflements je n'arrive pas à me rendormir, j'ai décidé que tu devais te réveiller aussi.

- Ok, alors il s'est passé quoi hier ?

Zozo adore me faire languir, elle a le chic de rendre ses histoires aussi courtes soit elles, d'une durée interminable.

Elle me raconte donc, en presque quarante-cinq minutes, en n'oubliant pas de préciser les moindres détails, sans oublier les…, il m'a dit…, j'ai pensé a…, et j'aurai due…, que Polo l'a emmenée dans son champ d'ananas, qu'ils ont pris le temps de s'apprécier dans la petite cabane à outil qui est sur le terrain familial et qu'ils ont fini dans la case à musique.

- Et toi tu faisais quoi avec Lulu ?

- Rien on était avec Padédou, j'essayais d'avoir des infos sur monsieur Pagnon, et d'en savoir plus sur la soi-disant légende des gens qui se transforment, quand il m'a carrément embarqué pour qu'on se retrouve aussi à sainte marie, et je n'avais même pas remarquée qu'il avait l'intention de…

- Tu es aveugle ou quoi, depuis qu'on est arrivées il…

- De toute façon tu sais très bien, par qui je suis attirée ?

J'ai toujours été attirée par les hommes mûrs, avec qui je peux discuter de tout, aussi bien de stupidités, de politique, de la vie,

15

de tout. Et là le Lulu, si il se passait quelque chose, ça aurait vraiment été pour le plaisir, et ça c'est pas du tout mon style. Cette conversation m'agace, changeons de sujet.

- Si non tu as pu en savoir plus sur les Transformers...

Elle sourit à ma blagounette.

- En fait j'ai oublié de te dire, hier en allant au champ, on a rencontré, Zéphyrien.

- Et tu le dis que maintenant !

- Oui... j'avais complètement oublié.

- Si tu as oublié c'est qu'il n'y avait rien d'intéressant.

- Heu ! je lui ai demandé si on pouvait rendre visite à son père, pour qu'il nous raconte les légendes de Bezaudin, et il m'a dit que, le meilleur moment pour lui rendre visite c'est le matin très tôt, il apprécie même quand on l'accompagne dans les champs pour déplacer ses bêtes.

- Et c'est quelle heure le matin très tôt ?

- Il m'a dit que chaque matin à cinq heures, son père avait l'habitude de se rendre dans les champs.

- Il est cinq heures moins le quart, alors vite on s'habille et on y va.

Nous nous précipitons sur le chemin qui monte derrière la maison, c'est assez escarpé mais nous réussissons à arriver juste au moment où Monsieur Pagnon ferme la porte de sa maison. Et c'est toutes essoufflées que nous nous adressons à lui.

- Bonjour, Monsieur Pagnon, zéphyrien n'est pas avec vous ?

- Non Menzel Zéphy ka Domi.

16

Nous avions oublié ce détail, notre créole, est loin d'être parfait. Ne voulant pas écorcher le créole, et par peur du ridicule, nous lui parlons donc en français.

-   Zéphyrien nous a dit que vous appréciez, la compagnie, lorsque vous déplacez votre bétail. Et nous, nous aimerions que vous nous racontiez, les légendes des gens qui se transforment en animaux.

Ils nous détail de la tête aux pieds, et prend son chemin en nous faisant signe de le suivre.

-   Alow comme ça vous êtes intewésé paw les légendes, mais êtes-vous suw que ce sont des légendes ?

Nous sommes surprises, car Monsieur Pagnon s'exprime très clairement, et très distinctement, avec un charmant accent Antillais. Je m'empresse donc de répondre, en prenant d'abord le temps de raconter notre mésaventure de la veille avec le chien, et la suite avec l'homme aux deux roches.

Monsieur Pagnon, attentif à nos paroles, terminait nos phrases par des Hanhan... Mmm, et d'autres onomatopées.

-   Vous dites que le chien est pawti en bwatan, et que l'homme boitait avec deux woches dans la main. Ça wecemble étwangement à un mofwazé.

Pendant qu'il réfléchissait nous grimpions une route interminable qui nous menait au sommet d'une colline donnant sur une vue imprenable d'une partie du nord de la Martinique. Nous nous sommes mises à essayer de mettre des noms sur les minuscules villages qui se dévoilaient, sous nos yeux, quand notre guide qui venait de déplacer une de ses vaches, nous interrompt.

-   Ce que je vais vous waconter je le tiens de ma gwand mèw qui elle-même le tenait de sa mèw qui le tenait elle aussi, de sa mèw.

Près d'une source, nous nous installons autour d'une table en bois aménagée avec des bancs pour les randonneurs, nous nous regardons

17

Zozo et moi d'un petit air ironique, mais la curiosité l'emporte vite sur les doutes.

Il nous raconta donc avec son bel accent, qu'au moment où les hommes se mirent à créer différentes religions, le Diable pris de panique, cherchait un moyen de trouver des adeptes afin d'augmenter ses pouvoirs qui s'était considérablement affaiblies.

Il avait déjà donné des directives aux sorciers qu'il avait postés aux quatre coins du monde, afin que ces derniers jettent un maximum de sortilèges sur le monde pour faire régner le mal, et il trouvait que ça n'allait pas assez vite.

Un jour il se dit :

- Je vais séduire un maximum de femme, elles porteront mes enfants et ainsi grâce à eut je pourrai augmenter la puissance de mes pouvoirs.

Chaque jour le Diable séduisait donc une belle et jeune femme, à des endroits différents sur la terre. Arrivé à Bezaudin, le Diable remarqua, une belle et jolie jeune femme, d'une beauté éclatante, il commença son jeu de séduction, les belles paroles, les regards charmeurs, les cadeaux somptueux…, mais au grand regret du Diable, la belle n'était pas du tout réceptive.

Le lendemain il recommença son manège, le surlendemain et le jour qui suivait, sans succès. Le septième jour désespéré, ses pouvoirs s'affaiblissant de plus en plus, il finit par se souvenir, que sur l'île un sorcier, le grand Babou œuvrait pour lui. Il le convoqua donc dans sa demeure, lui fit part de ses projets, Et demanda au sorcier de composer un filtre d'amour afin qu'il puisse séduire sa belle.

Babou était très puissant, mais il était lui-même très épris de la même jolie femme, connaissant les projets du Diable, il chercha à en savoir plus sur la Belle qui se prénommait Madiana, il se prépara une potion qui lui permis de se transformer en chien, et passa presque toute la nuit dans la maison de Madiana afin d'en savoir plus sur celle qu'il aimait.

18

Sa découverte fut, consternante, la belle qu'il observait était une Magicienne, qui œuvrait pour le bien, lorsque la nuit fut tombée, Madiana attirait dans sa maison toutes les lucioles de l'île, qui partaient ensuite éclairer tous les habitants de l'île pendant leur sommeil dans le but d'empêcher tout esprit malveillant de troubler la paix de chacun.

Elle sentit la présence de Babou et se présenta devant lui qui était chien, elle lui caressa délicatement le museau, et lui dit

-   Alors Babou tu t'es perdu ?

Babou ne pouvait pas répondre et ne pouvait reprendre sa forme humaine pour s'expliquer.

Alors il s'enfuit, ce qu'il ne s'avait pas c'est que sous l'emprise de sa potion, Madiana l'avait dépossédé de tous ses pouvoirs maléfiques, juste en lui caressant le museau.

Au petit matin le Diable se présenta chez Babou, lorsqu'il se trouva devant lui, il ressenti d'étranges vibrations. Ayant le pouvoir de lire dans les pensées il plongea ses yeux dans ceux de Babou, et découvrit ce qui c'était passé dans la nuit.

Fou de rage il condamna, Babou à prendre la forme d'un chien tous les soirs et à prendre l'âme des jolies femmes pendant leur sommeil pour qu'il puisse les séduire plus facilement le lendemain, cette malédiction, se transmettra chez tous les hommes de sa descendance.

Des lucioles qui passaient par là pour retrouver Madiana, furent témoins de l'horrible scène et s'empressèrent de rapporter la malheureuse infortune de Babou.

Madiana, qui avait la mission de protéger tous les habitants de l'ile, se rendit chez Babou, en prenant soin de vérifier le départ du diable, lorsqu'elle arriva Babou avait retrouvé sa forme humaine, il était assis sur une chaise devant sa maison, la tête entre les mains, en train de se lamenter.

19

Notre magicienne sans rien lui dire, posa sa main sur la tête du malheureux et levant les yeux vers le ciel comme pour prier le seigneur, elle dit :

- Qu'il en soit ainsi, Seule une femme ayant traversé la mer, pourra briser le sortilège, en caressant le chien alors qu'il reprendra sa forme humaine.

Babou très reconnaissant et touché par une telle bonté, remercia Madiana, il finit sa vie sur l'île sans avoir réussi à faire briser le sortilège.

Selon la légende ou l'histoire, après tout ce temps passé, la descendance de Babou, se transforme toujours la nuit mais n'apparait que près des vacancières, ayant traversé la mer, certaines femmes au mauvais fond finissait dans les bras du diable, mais jamais le sortilège ne fut brisé.

Monsieur Pagnon se leva et se dirigea vers le chemin du retour nous invitant à le suivre. En descendant je me demandais pourquoi les gens du pays avait tant de mal à en parler, je posais donc la question à notre guide qui me répondis que les habitants de l'île ont très peur des puissances du mal et que moins ils en parlaient et mieux ils se portaient.

Arrivés devant la maison de Monsieur pagnon, nous prirent congé de lui en le remerciant et lui promettant de faire d'autre promenade matinale afin qu'il nous raconte d'autres histoires du pays et surtout de Bezaudin.

Les explications de notre conteur, avaient éveillées encore plus notre curiosité.

Comme on dit souvent à Marseille, nous sommes en plein film de science-fiction, nous dirons pour le cas présent en plein film de sciences occultes...

Il est maintenant sept heures du matin, nous descendons silencieusement jusqu'à la maison, pour ma part j'ai du mal à différencier la réalité de l'irréel, quand on est dans ce milieu, c'est incroyable comme les usages et coutumes quel qu'ils soient arrivent à vous submerger au point de vous dérouter de vos propres convictions.

Arrivées à la maison je prépare le café tout en me posant des tonnes de questions, Zozo, assises sous la véranda fume une cigarette et semble, elle aussi en pleine confusion.

- Alors c'est quoi le plan ? me dit-elle d'un air organisateur.

- Non mais Zozo on est en plein délire, c'est quoi ces histoires de diable, de sortilèges et de pouvoirs magiques, c'est une blague ! Il y a une caméra cachée quelque part hein ? c'est un canular télévisé ?

- Non mais le chien tu l'as vu comme moi et l'homme qui boite aussi, malheureusement on ne rêve pas et il faut réagir.

- Réagir, réagir, tu en as de bonnes toi, je t'avouerai que ça va tellement vite que j'en suis toute étourdie, le vrai le faut, une mauvaise blague, ou un sortilège, et pourquoi nous, pourquoi maintenant, j'en ai marre voilà je suis venu pour prendre du bon temps, pas pour me prendre la tête ou me faire draguer par un chien déguisé..

J'ai due avoir l'air abruti parce que Zozo qui en était à sa première gorgée de café, m'éclaboussa de son café en explosant de rire, elle rit mais rit tellement de bon cœur qu'elle me contamina et à mon tour je me mis à rire mais rire à en perdre le souffle, tant et si bien que nous ne nous sommes même pas rendue compte que mamie Jeannette, Polo et Franky ses deux fils voisins était tous les trois interloqués les yeux écarquillés et ahuri à nous regarder sans bouger, et là..., le fou rire s'installe impossible de s'arrêter c'est insoutenable.

Dieu merci pour nous éviter l'apoplexie, le marchand de pain qui passe dans tous le bourg en voiture en klaxonnant, tous les matins à la même heure détournent nos hottes de notre bidonnage, ce qui nous a permis de reprendre notre souffle, nos esprits et notre sérieux.

Un petit malaise s'installe quand mamie nous demande les raisons de notre si bonne humeur. Sachant qu'il est hors de question de parler de ce que nous savons, machinalement, Zozo et moi lançons ensemble

21

c'est Marie-Line, Et Mamie qui aime bien que l'on parle de sa fille s'installe avec nous et nous dit.

-   Ah bon ma fille ? faites-moi wiwe aussi !!!!

Embarrassé je lui propose un café, ainsi qu'à ses fils, mes ces derniers, de vrai courant d'air, sont assez presser de partir et s'en vont le sourire en coin je crois qu'ils se sont bien moqués de nous eut aussi parce-que fallait nous voir. Mamie accepte mon café, et c'est donc Zozo, la reine des explications à rallonge et à suspenses, qui se charge de raconter, l'histoire improvisée de Marie-Line.

-   En fait…. C'était vendredi… Un soir, en sortant du travail, j'ai appelé Lydia pour lui confirmer que le lendemain matin on allait au hammam, avec Marie-Line, on se donne l'heure de rendez-vous et pendant que, je parle avec Lydia, Marie-Line sonne, Lydia Ouvre et lui dit c'est toujours ok pour le bain demain et elle lui répond :

    - pourquoi que les mains.

Mamie était en train de boire son café et je l'accompagnais, elle est restée à regarder Zozo qui attendais avec un grand sourire sa réaction, et là Mamie lui dit :   - c'est vwai pouquoi que les mains ?

A voir le désarroi de Zozo, je me suis esclaffé de rire et de ce fait j'ai éclaboussé la table et Zozo de café, et là Mamie qui n'a pas du tout notre sens de l'humour, nous regarde d'un air très inquiète pour nous. Elle a dû se demander si on n'avait pas une case en moins. Je m'éclipse pour prendre de quoi nettoyer la table, et Zozo en profite pour aller prendre une bonne douche, pauvre Zozo pour une fois qu'elle avait fait court, en plus elle était pas mal du tout son impro ! Dommage qu'elle n'ait pas eu l'effet attendu sur la bonne personne…

Denis arrive et nous klaxonne, nous embrassons mamie, sac de plage en main, et maillots de bain en place, en route pour l'aventure !!

Nous montons dans la voiture et lui faisant la bise je lui dis

-   Tu nous as sauvé l'ambiance, je suis trop contente de te voir tu es l'homme qui tombe à pic.

Quand je me trouve face à une personne qui ne m'est pas indifférente, je suis presque froide je ne sais pas pourquoi peut être la peur d'être rejeter, et Zozo qui adore me taquiner fait l'écho pour me mettre mal à l'aise,

- Tu nous as sauvé l'ambiance, je suis trop contente de te voir, tu es l'homme de ma vie.

Mais c'est raté car il n'a pas fait attention.

- Qu'est-ce qu'il s'est passé ??

Nous lui faisons un résumé sur l'histoire de Monsieur Pagnon et une parenthèse sur l'humour de sa mère, il se met à rire un bon moment puis prend soudainement un air très grave et dit.

- Alors vous avez vu Monsieur Pagnon ?

- Euh... oui c'est ce qu'on vient de te dire.

Dit Zozo levant les yeux au ciel, Denis toujours aussi sérieux, me regarde et dit

- Vous en pensez quoi vous de ces histoires ?

- C'est déroutant, délirant, invraisemblable....

Zozo met sa main sur mon épaule et dit.

- Tant que les personnages de ces histoires ne viennent pas nous harceler devant la véranda tout va bien.

Un silence froid envahit la voiture, Denis continu de rouler, nous avons dépassé Sainte-Anne, il est maintenant onze heures, et enfin Denis se gare, nous sommes tellement déconnectés que la beauté du paysage des Salines ne nous a même pas frappée. Comme des zombies nous sortons de la voiture hottons nos vêtements, et entrons dans l'eau sans commentaire, ni sur la clarté de l'eau, ni sur sa température, pas même sur ce cadre idyllique.

23

Le temps a du s'arrêté durant cet instant, car je ne puis dire combien de temps nous sommes restés ainsi à nous laisser porter par les flots. C'est une fois sur nos serviettes, réchauffés par le soleil de midi et l'estomac en éveil, que notre conversation repris. C'est moi qui amorce.

- Nous sommes aux frontières du possible et de l'impossible, et comme tu nous l'as si bien dit tout à l'heure, tant que l'impossible ne vient pas nous harceler, tous va bien. Demain nous allons nous lever à trois heures et demis pour attendre notre chien boiteux, si on peut on le coince dans la cabane à outils, et quand il reprend sa forme humaine on le caresse et terminares !!!!.

- Non-dit Zozo, si pendant la transformation il souffre et qu'on le caresse il peut être agressif, je serai plutôt d'avis de...

- Non mais... ! Mesdemoiselles, j'ai du mal à croire ce que j'entends, vous êtes sérieuses là ?

On se regarde tous les trois mais cette fois c'est un rire nerveux qui nous empoigne pendant au moins deux minutes, quand Zozo reprend son sérieux.

- Non sans rire on fait quoi vaut mieux faire et être ridicule, que de rien faire et finir au diable.

- Là tu marques un point Zozo on va le prendre comme un jeu.

- Un jeu un peu dangereux non ?

- Oui mais nous avons l'avantage, parce que maintenant, nous savons tout ou presque tout.

Je remarque que Denis avait dis-nous, c'est qu'il était convaincu de la véracité de cette histoire, dans un sens c'est réconfortant de le savoir avec nous, mais dans l'autre, cela confirme que nous courrons un réel

24

danger. Il se lève secoue sa serviette et nous fait signe d'en faire autant.

-   Allée les filles on y va, je vous invite au restau, j'ai un ami qui a un petit restaurant pas loin, ça va nous faire du bien en plus il est au bord de mer un cadre agréable et c'est un vrai chef.

La proposition de Denis, et de savoir qu'il nous soutien, nous a rendu pour cet instant le sourire, et c'est dans la bonne humeur que nous arrivons jusqu'au restaurant. C'est vrai que le cadre est très agréable, une maison toute de bois au bord de la plage, entourée de mini palmiers et de cocotiers, avec une véranda donnant sur le bord d'une piscine avec une mini cascade se déversant dans la mer. Son ami et le personnel étaient charmants, nous avons passé un très bon moment.

Avant de retourner à la maison, Denis s'est arrêté, au Robert au bord d'un rondpoint dans une petite cabane ou l'on vend je crois les meilleurs sorbets, des Caraïbes. Assis tous les trois dans la voiture nous dégustons nos glaces en goutant chacun les saveurs des autres, quand Denis suggéra.

-   Dans un premier temps on devra faire connaissance avec l'homme qui boite, et en fonction de ce qu'il dit on avisera notre plan d'attaque.

-   Tu dois surement le connaitre toi qui as grandis ici ? Dit Zozo.

-   Peut-être que je le connais, demain je viendrais à la même heure et on verra. Au fait vous l'avez vu ce matin ?

-   Non ! mais il était peut-être là, et on n'y a pas fait attention avec nos conneries de ce matin.

Les glaces terminées nous reprenons la route direction la maison, il est quand même dix-huit heures et la nuit commence à s'installer. Dans les caraïbes les jours commencent très tôt et finissent très tôt également. A la maison Mamie est confortablement installé dans son fauteuil devant son feuilleton préféré.

25

Pour ne pas la déranger nous nous installons sous la véranda, Denis nous sert un petit décollage, on va dire un atterrissage à l'heure qu'il est, il fait bon et les mini grenouilles ont déjà commencé leur récital. Tout en dégustant mon décollage, l'appréhension me gagne en même temps que la nuit s'établie.

- Zozo, cette nuit il faudrait monter la garde à tour de rôle, car toute les deux, on ne sera pas à l'abri d'une visite nocturne.

Denis nous regarde un peut gêner, puis, il nous propose de passer la nuit avec nous, Zozo ne rate pas l'occasion de me lancer son regard plein de sous-entendu. Au même moment, Polo arrive avec son solex qui pétarade en fanfare, et là je me fais un plaisir de lui sous-entendre,

- C'est vrai jusqu'à quatre heures on aura le temps d'en faire des rondes...

Polo nous rejoint, il embrasse tout le monde et plus tendrement Zozo, qui lui demande de participer à notre plan stratégique. Il n'a pas l'air surpris, je le trouve plutôt amusé, après tout il vaut mieux le prendre comme ça, parce que la panique n'est jamais d'un grand secours. Nous organisons, les roulements de garde pour la nuit, et Denis semble absent, son frère s'en rend compte et lui demande si tout va bien, il revient à lui et répond en créole qu'il pensait à une histoire que lui avait raconté Monsieur Pagnon, une histoire ou Mamie Jeannette était présente avec une de ses amies qui était elle aussi en vacances à Bezaudin.

Nous nous rapprochons tous les trois pour en savoir plus, mais le feuilleton est terminé, voilà mamie qui sort et s'installe près de nous, elle se sert un fond de verre de Scrub, et s'adosse sur son fauteuil préféré en nous regardant l'air très détendu, il y a surement dû y avoir un dénouement heureux dans sa série.

On entend au loin une musique venant d'une voiture qui arrive à vive allure c'est Lulu qui débarque et se gare devant le jardin. il est habillé apparemment pour aller danser, il salut tout le monde et lorsqu'il s'approche de moi, un peu trop tendrement, je me lève et l'embrasse sur les joues, pour ne pas qu'il y ai de méprise, Mamie lui demande comment c'est passé sa journée, il s'installe près d'elle, sert un verre et

26

commence à lui raconter en créole, une histoire de chantier qui lui est passé sous le nez, n'étant pas du tout concerné nous nous éclipsons discrètement profitant également de l'arrivé de Padédou, qui va être un second auditeur pour Lulu.

Denis nous propose de descendre faire un tour à Sainte-Marie, la journée a été très longue, mais notre attention a été attisée par le peu qu'il nous a dit.

Zozo et moi allons-nous rafraichir et nous changer rapidement et c'est parti pour le Bourg. Denis lui roule de façon responsable et il est agréable de se balader avec lui, vous me direz quand on aime tout est agréable mais non je suis réaliste, le paysage est appréciable même si c'est la nuit peut être encore plus, avec ses sons mélodieux, ses odeurs et surtout ce petit air frais qui nous revigore.

Nous arrivons sur la plage de Sainte-Marie, en face du Tombolo et nous nous asseyons tous les quatre sur un des bancs du bord de mer et Denis reprend.

- Monsieur Pagnon m'a raconté que quand Mamie était jeune, elle avait une correspondante qui était venue un été passé des vacances à Bezaudin, tout se passait très bien jusqu'au jour ou Mamie et son amie se lièrent d'amitié avec deux jeunes garçons, l'un était du village et l'autre était lui aussi un vacancier. Un soir ils allèrent danser, et très tard dans la nuit, alors qu'ils étaient sur le chemin du retour, l'un des deux jeunes hommes qui voulais se soulager se cacha derrière un arbre, mais il ne réapparu pas, les jeunes qui pensait à une blague de sa part, reprirent leur marche jusqu'au quartier, Mamie avait remarquée qu'un chien noir à taches blanches les suivait jusque-là il n'y avait rien d'inquiétant. C'est alors qu'a une croisée de chemin une voiture arriva à vive allure et percuta le chien qui fut tué sur le coup. Les jeunes furent très troublés par cet accident et contrariés de la blague de leur compagnon. Les jeunes se saluèrent et rentrèrent dans leur case respective.

Le lendemain Les jeunes filles apprirent que le jeune garçon qui les accompagnait avait été retrouvé mort tout nu au même endroit où ils avaient laissé le chien mort, et depuis ce

27

jour Mamie ne veut pas entendre parler de ce genre d'histoire.

Zozo et moi avons le souffle coupé, un vent de terreur nous submerge, je me dis et si eut aussi devaient se transformer.... Allez ! On arrête de délirer il ne nous manque plus que ça. Et là Zozo enchaine d'un air très sérieux.

- Qu'est ce qui nous dit que vous n'allez pas vous transformer.

Denis et Polo se mettent à rire franchement, j'ai pas du tout envie de rire car moi-même je me posais la même question, mais leur rire est tellement spontané que je souris bêtement et que du coup Zozo se détend et elle se questionne à hotte voie.

- Vous rigolez mais mettez-vous à notre place, je suis terrorisée, ce n'est pas vous qui êtes la cible du diable. Si on reprend la théorie de Monsieur Pagnon, il vaut mieux éviter les mecs et caresser un maximum de chiens.

Elle était tellement sérieuse qu'elle ne se rendait même pas compte de ce qu'elle disait.

 Denis et Polo sont tout à coup très sérieux, ils ont un air déterminé et semblent tous deux, près à réagir, Polo se met face à nous, et propose comme l'avait fait son frère, de nous rapprocher de l'homme qui boite, et en fonction de ce que nous observerons nous aviserons d'un plan.

En attendant, Denis nous suggère de tous dormir chez lui, sa maison est grande, on pourra y parler de tout sans gêner personne.

Je suis flattée par une telle gentillesse, un tel dévouement, mais qu'est ce qui nous dit qu'ils ne se transformeront pas tous les deux, Monsieur pagnon n'a pas dit de quel famille venait les jeunes hommes amis de Mamie, et si c'était des cousins, nos deux hottes serait leurs descendants. Je panique et Zozo le ressent.

- J'ai envie d'aller aux toilettes tu viens avec moi ?

28

- Oui ça tombe bien moi aussi.

Nous nous éloignons, promptement jusqu'à ce que nous ne soyons plus dans leur champ de vision et auditif.

- Qu'est-ce qu'il y a ? je te sens pas bien.

- Zozo !!! Tu me pose la question ? Je suis terrorisé, peut être que je vois trop de films bizarres mais au départ, j'étais rassurée par leur présence, et charmée par la courtoisie de Denis, mais d'un coup tout bascule, je pense à Mamie et la froide réaction qu'elle a eu quand on lui a raconté pour le chien, je comprends mieux maintenant que je connais son horrible aventure, sans oublier, les histoires de Monsieur Pagnon, parce qu'apparemment il en connait d'autre. Qui nous dit qu'il n'est pas de la partie ?

- Mais réveille-toi enfin tu es en train de parler des frères de notre amie Marie-Line, on la connait depuis un moment maintenant, et puis...

- Tu te demandes pas toi, pourquoi elle n'est pas venu avec nous, et pourquoi elle n'appel jamais, et ...

- Stop ils arrivent, tu te détends fais-moi confiance.

Avec nonchalance, ils nous rejoignent, Denis cherche à nous changer les idées...

- Alors Mesdemoiselles, on va oublier pour quelques heures ces histoires surnaturelles et on va se diriger vers la première paillote sympathique qui nous plais, et se détendre en sirotant un cocktail, et pourquoi ne pas finir en dansant c'est ça les vacances non ?

Je reprends mes esprits, et comme me l'a suggérée Zozo, je me détends et je lui fais confiance. Nous suivons nos cavaliers, jusqu'à une paillote très bien décorée très chaleureuse et n'étant pas trop bondée, cette pause nous a permis de nous concentrer sur le moment présent, de nous apprécier, nous découvrir et nous redécouvrir,

29

finalement rien ne vaut l'instant présent parce qu'après il est trop tard c'est passé.

Je me suis focalisée sur tous les côtés diaboliques de ces derniers évènements, au détriment du positif de l'amour de mon prochain et tout ce que cela entraine. Comme me l'a conseillé Zozo, je vais lui faire confiance, me faire confiance et croire aux pouvoir des énergies positives. Quoi qu'il arrive, Seigneur protège nous ! On se demande pourquoi dans les îles et les églises sont si bien remplies.

Nous sommes bien avancés dans la nuit, je me dis plus il y aura du monde et moins nous aurons de chance d'être agressées. Je propose donc que nous allions dans cette boite en tôle qui fait office de dancing sur la plage, cette fois il y avait moins de monde, c'était nettement plus agréable, je me laissais guidée par celui qui ne me laisse pas indifférente, son étreinte me transporte et m'enivre, sur les rythmes sensuel du Zouk love du moment, jusqu'à ce que la musique s'arrête, la soirée touchant à sa fin.

Il est quatre heure du matin, c'est presque l'heure où nous avons vu le chien derrière les buissons, et en y réfléchissant, il n'était pas agressif du tout ce chien, de même que dans l'histoire de Monsieur Pagnon avec Mamie, le chien n'a fait que suivre les jeunes, sur le chemin, et à aucun moment on ne parle d'agression.

Sur le chemin du retour, nous sommes tous les quatre très fatigués, pourtant les questions fusent dans la voiture, la question principale était à quelle moment est ce que les chiens prenaient l'âme des jolie filles.

Denis tout en conduisant, nous rappelait un peu ce que nous savions déjà, mais dans certain cas il est bon de revoir certains détails pour y voir plus clair. C'est alors que polo se mit, à faire des déductions.

- Les chiens prennent l'âme des Jolies filles que pendant leur sommeil, donc tant que vous ne dormez pas vous êtes en sécurité.

Zozo et moi nous regardons d'un air vainqueur, mais notre joie est vite transformée en exaspération quand Denis crut bon de rajouter.

30

LBD

- En plus vous n'êtes pas jolies donc pas d'inquiétude.

Polo est mort de rire, et Denis est assez fière de ses tirades, nous leurs donnons des coups, de filles indignées, mais nous nous calmons très vite lorsqu'arrivés devant la maison de Denis, le spectacle d'une nuée de luciole nous a accueillie, sans s'éparpillé lors de notre passage, comme pour nous transmettre un message.

Nous n'étions pas effrayés mais surpris, comme si l'irréel nous avait rejoints nous étions totalement transportés dans l'histoire de Monsieur Pagnons nous ressentions presque, la présence de Madiana, quand un bruit de feuillage nous fit sursauter, Polo et Denis passèrent devant et Denis ouvrit la maison.

Nous entrâmes très rapidement et c'est polo qui refermât la porte. Curieuses Zozo et moi, nous nous sommes immédiatement dirigées vers les persiennes afin de voir, ce qui avait bien pu nous faire sursauter. C'est alors que nous avons pu apercevoir d'abord les lucioles qui se dirigeaient vers la maison de Mamie, suivie d'une ombre que nous n'avons pas très bien distingué.

Un mélange d'excitation, d'interrogation et d'affolement, nous saisit, Zozo me pris par la main et me tira vers la porte prête à partir à la poursuite des lucioles.

- Qu'est-ce que tu fais, ça ne va pas ?

- On va chez Mamie tu as bien vu les lucioles, et cette ombre bizarre, il faut les suivre, Mamie est en danger.

- Pourquoi, en danger elle n'a pas traversé, l'océan elle....Mais où sont passés les garçons.

- C'est vrai ça, allons les chercher !

- Attends, j'ai peur, je recommence à me poser des questions... Et si...

Zozo impatiente, m'entraina, nous fîmes rapidement le tour de la maison, la porte du jardin était ouverte, on ne sait pourquoi, les

31

cochons qui étaient censés dormir faisaient un boucan de tous les Diables.

Prise de panique, c'est moi qui pris les devants tirant Zozo par le bras, nous traversâmes, la maison encore plus vite et sortîmes à toute allure, direction Mamie. Le souffle court, nous descendons le morne qui mène jusqu'à la maison, le soleil n'est toujours pas levé, et l'obscurité, nous joue des tours avec les ombres de la végétation, ce qui accentue notre panique.

Arrivée devant la maison, complètement époumonées, nous sommes freinées par la présence des lucioles, elles se sont regroupées devant l'entrée de notre chambre, du coup on se demande si le message est d'entrer ou de ne pas entrer. Nous avons un peu repris notre souffle, les lucioles sont toujours là, nous hésitions à traverser le nuage de lumière, quand un bruit se fit entendre derrière le même buisson que l'autre jour, sans même réfléchir, nous traversons le nuage de luciole, et nous nous précipitons, dans la chambre toute tremblante mais soulagé de nous sentir en sécurité.

Il est maintenant quatre heures et demis, une seule demie heure est passé depuis notre sortie de sainte Marie, pourtant nous avons l'impression d'avoir vécu trois longues heures tumultueuses.

Les coqs commencent leur concerto, nous sommes allongées sur le lit toutes habillées, fatiguées voir extenué, mais l'excitation de ces dernières minutes nous anime toujours et il n'est pas question de dormir.

Dans l'affolement nous avons laissées derrière nous les garçons, et maintenant nous sommes inquiètes, de plus malgré la porte fermée nous entendons toujours des bruits de feuillage et de branches qui se cassent, est-ce qu'ils vont bien ? Pourquoi ont-ils disparu ? Les questions rejaillissent et fusionnent, ça devient intenable.

Dans cette chambre il n'y a pas de fenêtre donnant sur le jardin, pour satisfaire notre curiosité il nous faudrait ouvrir la porte avec tous les risques que cela peut engendrer. Nous prenons notre courage à deux mains, et décidons d'ouvrir la porte délicatement, le plus silencieusement possible, les lucioles ont disparus, mais les bruits continuent sans que nous ne puissions distinguer quoi que ce soit.

32

C'en est trop, nous décidons de nous enfermer et d'attendre que le jour se lève totalement.

A six heures et demie nous nous sommes réveillées en sursaut, finalement, le sommeille nous avait gagné. Quelqu'un donnait de grands coups à la porte. Complètement désorientées, nous nous levons affolées et je crie :

- Oui !! c'est qui ?

Personne ne répond, je reprends.

- Mamie c'est toi ?

Toujours sans réponse. Nous sommes au bord de la crise de nerf, les coups se sont arrêtés, plus un bruit mais il faut sortir de cette chambre pour respirer un bon coup et surtout aller se rafraichir et nous remettre les idées en place.

La salle de bain est dans la maison et il faut sortir de la chambre passer la véranda et entrer dans la maison pour accéder à la douche.

Toujours ensemble, nous sortons de la chambre, et là une ambiance complètement opposée à celle de la nuit nous attendait, une verdure très contrastée, des colibris de si de là, les Zandolis allant de feuilles en tiges, le bruit des casseroles dans la cuisine, un cadre hospitalier, rien à voir avec cette nuit.

Nous passons donc à la salle de bain et ressortons toute fraiche, Mamie avait déjà préparé le café, et machinalement après l'avoir embrassé, je lui demande.

- Mamie, c'est toi qui es venue taper ce matin ?

- Non mais c'est vwai que j'ai entendu taper et quand je suis venue devant la powte, il n'y avait pewsonne.

Un malaise se fait sentir dans notre attitude, Mamie Jeannette n'est pas dupe, elle nous sert le café, s'installe sur sa chaise habituelle, et nous regarde, de façon très conciliante, et nous dit.

- Allez Wacontez, moi qu'est-ce qu'il vous awive ?

Le souvenir de sa très désagréable réaction, nous mis encore plus dans l'embarras. Quelle attitude adopter ? Parler ? Se taire ? L'embarras se fit encore plus ressentir. Mamie semble elle aussi gênée, c'est alors qu'elle posa sa tasse de café et qu'elle nous dit en nous regardant chacune à notre tour droit dans les yeux.

- Quand vous sewez pwêtes à me pawler n'hésitez pas, en attentant je vais aux champs, je sewai de wetouw vèw midi, à tout à l'heuw !

- A tout à l'heure Mamie.

- Oui à tout à l'heure Mamie.

Nous restons silencieuses un instant, à regarder les voisins qui attendent le taxi brousse en face de la rue, les voitures passer, la vie du quartier reprendre son court. Quand Zozo me donne un coup de coude en fixant la route, au même moment le téléphone sonne, n'étant pas chez nous, nous ne bougeons pas, quand Jean Luc se mit à crier :

- Répondez les filles je suis sous la douche.

Je me lève pour répondre car Zozo a toujours les yeux fixés sur la route. Je décroche :

- Allo ?

C'était Denis qui demandait si nous allions bien.

- Mais c'est moi qui dois te poser la question, vous êtes passez où ?

Il me répondit qu'ils avaient fait le tour de la maison afin de vérifier que nous soyons en sécurité et que tous soient bien fermé, à leur retour, nous n'étions plus là, Polo est passé ce matin chez mamie mais personne n'a répondu, du coup ils étaient très inquiets. C'était donc Polo qui tapait à la porte ce matin. Mais les explications de Denis ne me réconfortaient pas. D'un côté ils étaient saints et sauf, mais d'un autre coté je n'étais pas du tout rassurée. Je restais muette et pensive, quand j'entends Zozo dehors parler à quelqu'un.

C'était Zéphyrien le fils de Monsieur Pagnon, je repris mes esprits et m'installa auprès de Zozo.

- Bonjour, Zéphyrien, comment vas-tu ?

- Bien, merci, et vous ?

Pendant que zéphyrien nous parlait, je remarquais que Zozo était à nouveau avec les yeux fixant la route, suivant sons regard je remarquai que quelqu'un était derrière les buissons, et je répondis naturellement à notre ami qui était encore debout...

- Nous ça va, dis-moi, je ne vois pas bien, c'est qui derrière le buisson ?

Il se mit sur la pointe des pieds.

- C'est un homme qui vit dans les bois de sainte Marie, il ne descend pas souvent au village, je ne connais pas son nom mais papa le connait bien, il dit qu'il s'intéresse beaucoup aux vacanciers, surtout les vacancières.

Ne sachant pas s'il plaisantait, un grand silence nous envahie un long moment lorsque, l'homme des bois se permis de dépasser les buissons et d'entrer dans le jardin. Là, grosse panique, gros silence, et sueur froide, quand Zeph s'approche de lui et lui demande.

- Bonjour, on peut vous aider ?

Sans répondre, l'homme continu son intrusion, boitant, le visage sans expression jusqu'à la table de la véranda, s'installe sur une chaise face à nous, finissant par nous dire très distinctement et sans aucun accent :

- Excusez-moi, je dois vous parler j'ai besoin de vous.

35

Surpris nous nous regardons et c'est Zozo qui finit par
demander :

-   Vous aidez mais comment et pourquoi, et surtout pourquoi
    nous ?

-   Je crois que vous avez compris ce qui se passe, j'ai rencontré
    Monsieur Pagnon qui m'a fait part de vos questions, je crois
    aussi que vous avez également compris qui je suis.

Nous avons compris ou nous croyons avoir compris tous
paraissait plus claire ou encore plus fou, peut-être ne voulions-
nous pas comprendre sur l'instant. Une fois de plus le silence
repris le dessus, des questions précises, des réponses floues et si
nous laissions notre importun nous révéler sa vérité, mon reflex
fut de faire la bête.

-   Nous savons qui vous êtes ? Mais vous êtes qui ?

-   Mon nom est Babou Timothée, je vis dans les bois de
    Bezaudin depuis toujours, mes parents y habitaient, ainsi
    que les parents de mes parents.

Nous étions suspendus à ses lèvres quand Mamie revint et
interrompt, le narrateur en posant bruyamment son panier plein
de fruits et de légumes sur la table, avec un regard insistant en
direction de Monsieur Babou. Il parut très gêné, se leva et nous
dit :

-   Merci beaucoup pour ces informations, à bientôt !

-   Attendez !!

Zozo me donna un coup de pied sous la table et voyant les yeux
écarquillés de mamie, il était plus judicieux que je me taise.

Voulant éviter un malaise et des questions embarrassantes,
j'enchaine en questionnant mamie sur les différents fruits qui se
trouve dans son panier encore sur la table.

36

Mais mamie lance tout d'abord un regard à Zéphire qui comprit aussitôt le message et prit congé, en suite elle prit place sur la chaise en face de nous et toujours dans le silence elle commença à faire le tri de sa récolte.

Je fais signe à Zozo pour que nous puissions sortir de l'impasse, quand Mamie nous dit :

- Il vous reste deux jours de vacances, profitez pour aller chercher des souvenirs pour vos familles et amis à Marseille, ne cherchez pas les problèmes quand vous pouvez les éviter.

Zozo tente d'en apprendre plus en jouant la naïve :

- Des problèmes mais de quoi tu nous parle Mamie ?

Toujours les yeux dans son panier elle continue son tri sans répondre. Là, je tire Zozo par le bras et lui dis :

- Mamie à raison, allons à fort de France acheter des souvenirs !!

Une fois dans la chambre je lui fis comprendre qu'on ne tirerait rien de mamie et qu'il valait mieux nous rapprocher de Monsieur Babou.

Sac à main sous le bras nous nous prenons la direction de la maison de monsieur Pagnon espérant rattraper Zéphirien, le soleil est déjà au zénith et la pente vers la maison est toujours aussi raide, c'est donc haletantes que nous arrivons chez Zéphirien.

Nous nous arrêtons devant la maison, et essayons de reprendre notre souffle avant de taper à la porte.

Une fois prête à toquer, une voie d'homme se fit entendre derrière la maison, machinalement, toute deux faisons le tour et là, tranquillement installés sous un baobab autour d'une table bien ombragée, Zéphirien, son père ainsi que monsieur Babou, étaient en grande conversation, c'était surtout Monsieur Babou qui parlait.

Nous étions toute deux à quelques pas d'eux quand Zéphirien leva la tête et nous vit.

- Venez dit-il, n'ayez pas peur venez !

Nous nous approchons donc un peux gênées, et monsieur pagnon qui nous reconnut, dit à son fils d'aller chercher des chaises et de quoi nous rafraichir.

Installées autour de la table avec ces messieurs, Monsieur Babou repris sa conversation :

- Content que vous ayez pu vous libérer. Je vais pouvoir enfin être libre.

Intriguée par cette introduction, je donne un coup discret à Zozo mais elle est pendue aux lèvres de Monsieur Babou qui poursuit.

- Cette nuit, j'ai fait un rêve étrange. Vous étiez toutes les deux, à la poursuite d'un nuage de lumière qui dévalait une pente...

Voyant nos yeux s'écarquiller et notre bouche s'entrouvrir simultanément, il continu.

- Et le nuage de lumière lui, poursuivait un animal, plus précisément un chien, et ce chien c'était moi.

Consternée, nous restons sans voie, et c'est monsieur Pagnon qui prend, la parole :

- Les histoires que l'on raconte sont donc vraies, et vous êtes un descendant de Babou, mais comment pensez-vous que l'on puisse vous aider.

- Dans mon rêve, vous étiez derrière le nuage de lumière, et moi je me retourne car le chemin que je viens de prendre n'a plus d'issu, en me retournant le nuage de lumière monte dans le ciel, jusqu'à ce qu'il disparaisse et là je me trouve face à vous et toute les deux en même temps, vous me tendez la main, et me touchez. Je me

38

sens ensuite grandir, et grandir encore jusqu'à mon réveil.

Nous restons tous sans voie, dans un silence apaisant, il semblera que chacun d'entre nous ai compris, trouvé ou même résolu le mystère de cette histoire au bord de l'irréel.

Zozo pose ses deux coudes sur la table en joignant les mains, elle se tient droite le menton en avant les indexes pointés vers monsieur Babou et dit posément :

- Il nous suffit seulement de vous toucher pour vous libérer ?

- Je ne sais pas vraiment mais, selon mon rêve vous seul me tendez la main. J'ai déjà visualisé l'impasse ou je me suis retourné, elle se trouve derrière la maison de mamie Fannette.

Là je pense à haute voix :

- Hier soir, nous avons vécu la même situation que votre rêve, sauf que prise de panique nous avons suivi le nuage de lucioles jusqu'à la porte de notre chambre, et nous nous sommes précipités à l'intérieur verrouillant à double tours jusqu'au lendemain. Vous nous suggérez donc de revivre cette nuit ?

Il nous regarde longuement toute les deux et répond :

- Mon rêve était une prémonition, nous n'avons qu'à reproduire notre soirée d'hier, Oui je vous le demande, je vous implore, aidez-moi.

Un peu prise de panique, nous acquiesçons toute les deux. Monsieur Pagnon silencieux jusque-là nous demande :

- Vous avez l'aire inquiète

- Oui !! C'est normal mais Zozo et moi sommes d'accord pour vous aider, ça semble fou mais oui, nous sommes partantes.

Je plonge mes yeux dans ceux de, ma Zozo et je suis rassurée car elle aussi est partante.

Monsieur Pagnon met son bras autour de Monsieur Babou, et nous dit :

- Je vais rester avec lui jusqu'au soir, ainsi je le guiderai jusqu'à vous ce soir.

- Non pas question il risque de vous agresser, car lors de sa transformation vous deviendrai un obstacle, laissez-le nous trouver tous seul puisque c'est son but. En revanche suivez-le de loin si jamais ça tournait mal.

Nous nous levons et prenons congé. En descendant toute les deux jusqu'à la maison, Zozo me jette un regard de « on est des folles » et je monte les sourcils en pincent les lèvres pour répondre « oui complètement folle » consciente de notre folie c'est en silence que nous marchons jusqu'à la maison, il est déjà onze heure trente et Nous devons aller à Fort de France pour acheter des souvenirs. Nous prenons un chemin différent pour arriver à la croisée ou s'arrêtent les taxis, et les bus collectifs, afin de, ne pas être vu par Mamie qui nous poserait trop de question.

La journée à fort de France fut un vrai calvaire, parcourir quarante-cinq minute de route en presque deux heures de bus collectif entre l'attente et les embouteillages une horreur, heureusement nous ne sommes pas descendus pour rien car nous avons pu satisfaire tous ceux que nous aimons à Marseille, épices, Rhum, Madras, Carapate, nos listes ont été exaucées, et c'est les bras chargées que nous rentrons vers 18heure chez Mamie, ou une surprise nous attend.

Mamie est assise sous la véranda avec Polo et Denis, Notre pas reste suspendu rien qu'à la vue de l'expression qu'ils ont tous les trois en nous voyant. Mais quand faut y allez faut y aller.

Nous inspirons et descendons les marches du jardin qui mènent à la véranda. Comme deux petites filles, nous restons debout devant nos bourreaux à attendre la sentence. Bien sûr c'est Mamie qui commence ...

-   Que voulait l'homme des bois ce matin dans mon jardin ?

Notre journée n'est pas terminée, et prise au dépourvu c'est d'un long silence que nous nous contentons de répondre, mais Mamie qui n'est pas dupe à très bien perçue notre malaise, et elle reprend.

-   Assoyez-vous !

Nous nous exécutons, tout en cherchant du secours dans le regard des garçons. Sans aucun succès. Notre détresse était due au fait que, la première fois que nous avions parlé de cette histoire à Mamie, nous avions été réprimandées de façon expéditive, du coup grosse panique intérieure surtout face à la fermeté et la froideur de Mamie.

C'est donc Zozo inspirée, qui se lance :

-   En fait je n'ai pas très bien compris, comme il avait un accent assez prononcé et qu'il nous a parlé en créole j'avoue que je ne sais pas trop !

-   Pourtant je l'ai entendu dire en très bon Français, « merci pour toutes ces informations » Quelles informations ?

Voyant que la conversation prenait un mauvais tournant, j'interviens :

-   Ah oui !!! il nous parlait de Marseille, notre dame de la Garde, la Canebière, voilà quoi !

Elle me regard d'un air incrédule et nous dit :

-   L'autre jour je vous ai fermement déconseillé de vous mêler de près ou de loin de toutes les histoires qui semble surnaturelles dans le quartier. Il semblerait que vous soyez

41

presque impliquées dans ces histoires, alors il est de mon devoir de vous mettre en garde.

Gênée toute les deux nous partons dans des phrases comme « mais je » « oui mais » « c'est parce que » quand elle donne un grand coup sur la table avec sa grande main pour nous prier de nous taire. Avec, en arrière-plan, ses deux fils, silencieux, comme ce n'est pas permis.

- Je vais répondre à vos questions, et peut être, vous permettre d'éviter le pire. Dans ma jeunesse j'ai eu une correspondante de paris qui est venue passée des vacances à la maison et

Zozo interrompt mamie :

- Oui l'histoire du chien accidenté et du garçon retrouvé.

- Vous êtes déjà au courant très bien ! Il y a dix ans, Marilyne, votre amie, ma fille, est venue avec une amie, Sylviane, une très belle et gentille jeune fille. Comme vous, elle avait été témoin de faits étranges, et en avait parlé à Maryline, qui elle avait gardé le silence connaissant mon aversion pour ces histoires. Le problème est que dans le secret on ne sait ce que les filles ont entrepris, mais la veille de leur retour en métropole, j'ai retrouvé très tôt, au petit matin, les filles incontinentes devant la porte de la chambre ou vous dormez actuellement. Au réveil aucune n'a su me dire ce qui leur était arrivé elle n'avait aucun souvenir.

- C'est pour ça que Maryline ne vient jamais. Et Sylviane elle ne nous en a jamais parlé.

- Elle a perdu la raison arrivée en métropole, elle vit dans un hôpital psychiatrique.

Nous sommes à notre tour sans voie comme les garçons, surtout que, dans quelques heures, nous avons un rendez-vous qui risque de très mal tourner, mais Mamie continue :

- Cette nuit, comme la prochaine avant votre départ, je vous demanderai de rester confinée dans votre chambre toute la nuit, et de n'ouvrir la porte sous aucun prétexte.

J'avais envie de lui faire part de notre rendez-vous, peut-être aurait-elle pu comprendre les faits, qui s'étaient produits avec Marilyne, mais je m'abstiens.

- C'est d'accord on restera dans la chambre quoi qu'il arrive.

Dit Zozo en me regardant et je confirme de la tête.

Mamie rentre alors dans la maison, et nous restons autour de la table avec les garçons sans dire un mot. C'est polo qui rompt le silence :

- Allez ranger vos courses et on descend au bourg boire un coup.

Après tout pourquoi pas il n'est que dix-neuve heures. Nous nous mettons donc à ranger nos cadeaux dans les valises, un petit débarbouillage à la salle de bain, nouvelle tenue fraiche et c'est partie.

Cette fois nous entrons en grande conversation sur le sujet, Zozo raconte notre rendez-vous et Denis explique les raisons de leurs silences sous la véranda, Mamie, avait oublié de mentionner qu'autour des filles elle avait pu observer plusieurs empruntes de chien, les faits était tellement troublant que, moins elle en parle et mieux elle se porte. Pourtant elle à prie la penne de nous prévenir.

La question qui se pose est aider monsieur Babou ou écouter Mamie, en repensant au rêve qu'il nous avait raconté, je me remémorais la soirée, et je me mets à penser à voix haute.

- Ce soir nous n'irons pas au rendez-vous, mais demain matin, allons voir Monsieur Babou. Je veux savoir ce qu'il s'est passé avec Marilyne et Sylviane. En fonction de ses réponses on décidera de notre aide ou pas. Qu'en pensez-vous ?

Tout le monde est d'accord, et c'est donc rassuré et dans une très bonne ambiance que nous terminons la soirée, je vous épargne les détails des différentes étapes de nos rapprochements, comme l'aurait très bien fait ma Zozo, qui aime que les auditeurs soit impatient à force de détails.

43

Vers trois heures du matin, les garçons nous ramènent, morte de fatigue, n'oublions pas la journée passée à fort de France ! Nous tombons comme des mouches, et dormons comme des bébés, jusqu'à ce que des grognements et des grattements sur la porte nous réveillent en sursaut.

Etourdie par le réveille brutal, et terrifié par les bruits, nous nous serons l'une contre l'autre priant pour que les bruits s'arrêtent et surtout pour que la porte ne cède pas aux grattements qui se font de plus en plus agressifs.

Après une heure qui paressait être une éternité, les bruits se sont calmés, nous sommes restées blottis dans le silence, jusqu'à ce que le sommeil nous gagne.

Vers huit heures, le réveil de la maison et de tous les alentours nous réveilla, ensemble nous nous dirigeons vers la salle de bain pour nous préparer déterminées, à rendre visite à Monsieur Babou.

Mamie est déjà partie, aujourd'hui c'est son jour de marché. Le café était encore chaud, nous nous servons vite une tasse chacune, et nous voilà parties pour la maison de Monsieur Pagon. L'ascension est toujours aussi dure mais nous y accédons plus rapidement, peut-être était-ce la soif de réponse.

Une fois devant la maison, nous toquons à la porte qui reste close, connaissant les lieux nous faisons le tour pour arriver sous l'arbre du jardin, et là c'est Zéphirien qui nous accueil, la mine contrariée.

-   Bonjour, Zéphy comment tu vas ?

-   Pas trop bien Zozo, mon père est à l'hôpital.

Nous nous regardons toute les deux interloquées mais je reste sans voix, Zozo poursuit :

-   A l'hôpital !!! mais que lui est-il arrivé ?

-   Rien il va bien c'est Monsieur Babou qui a fait un malaise pas loin de la maison de Mamie Jeannette, il l'a retrouvé inanimé dans la rue.

44

LBD

- Et depuis tu as des nouvelles ?

- Non ! tu connais les anciens ils ne sont pas trop téléphone. J'attends.

Je réagie enfin et demande :

- Appelons l'hôpital, ils vont nous renseigner.

Nous suivons Zéphy dans la maison, jusqu'au salon ou se trouve, le téléphone posé, sur un petit meuble bas tout près d'un annuaire. Installée sur le fauteuil près du meuble avec le bottin, je recherche le numéro de l'hôpital du secteur. Une fois trouvé, j'appelle les urgences de l'hôpital Louis Domergue et là, après m'être fait passée pour un membre de la famille, de monsieur Babou, j'obtiens les nouvelles qui disent que notre ami est inconscient, qu'ils effectuent des examens approfondis, pour déterminer les raisons de son malaise. En suite j'ai demandé s'il était accompagné, et elle m'a confirmé que Monsieur Pagnon était toujours à son chevet.

Qu'est-il donc arrivé à Monsieur Babou, avons-nous eu raison de ne pas lui ouvrir notre porte ? Était-ce bien lui qui grattait la porte cette nuit, la confusion s'empare encore de nous, que devons-nous faire ou ne pas faire.

Zéphyr qui est très inquiet pour son père, et décide de se rendre à l'hôpital, nous proposons alors de l'accompagner, mais sa réaction nous surprend car il nous met dehors, et nous dit :

Je descends à l'hôpital et je vous informe pour mon père.

Mais il ne s'agit pas de son père mais de Monsieur Babou, c'est bien lui qui est hospitalisé et inconscient ? Nous le laissons partir et descendons chez Mamie.

Il est maintenant onze heure la journée est bien entamé, Installées encore sous la véranda nous sommes silencieuses, quand Zozo qui est aussi curieuse que moi propose :

- Et si on se rendrait dans la nuit, à l'hôpital ?

45

- Dans la nuit, mais on n'est pas véhiculés et c'est jusqu'à Trinité, et surtout, pourquoi la nuit ?

- Pour être là lors de la transformation et le libérer, étant à l'hosto on ne risque rien. On demande à Polo et Denis, de nous accompagner, qu'en penses-tu ?

- Je ne sais pas, qui te dit qu'on ne risque rien, en plus ça se trouve, il risque de ne pas se transformer, c'est trop compliqué et plein d'incertitude, je ne sais plus quoi penser.

- Allez Lydia !!! courage je ne te reconnais plus, déjà on demande aux garçons si, ils sont d'accord pour nous accompagner et en fonction, on improvise, d'accord ?

- Mouhai !!! allez dernières folies... De toute façon, demain après-midi nous serons dans l'avion, de retour à la maison !

- Ou pas...... !

- Ecoutes, si tu me fou la trouille on arrête tous maintenant !

Une voiture, pétaradante se gare derrière la haie du jardin, musique à fond, la question ne se pose même pas, c'est l'ami Lulu, ça faisait un moment, et franchement ce n'est pas le moment de supporter ce fanfaron !

Zozo me regarde amusée elle sent mon agacement, Lucien apparait dans le jardin, le sourire jusqu'aux oreilles, il arrive vers nous le pas décidé et nous dit :

- Bonjour, mesdemoiselles, demain c'est le grand jour et j'ai pris une journée de repos pour être à votre entière disposition, je n'allais pas vous laisser partir sans vous avoir montré la Martinique.

Prétentieux et galant, il sort de voiture et nous prie de nous diriger avec une révérence exagérée dans la voiture, qu'à cela ne tienne, soyons folle nous improviserons. Une fois en route, Lulu nous propose de faire la randonnée du sentier de la caravelle, d'aller manger dans

46

un petit restaurant à Saint Pierre et de finir à Trinité ou il a un copain qui organise une soirée.

Zozo est très enthousiasmée d'entendre ce programme, mais, je n'ai pas du tout envie de me faire manger le cerveau par ce dragueur. Zozo qui à comprit mon malaise demande :

- Trinité…. C'est bien là que se trouve le centre hospitalier, Louis Domergue.

- Oui d'ailleurs la maison de mon ami qui organise la soirée se trouve juste derrière.

Je décide donc de prendre sur moi, mais pour qu'il n'y ait pas de mal entendu je décide d'être claire avec Lulu.

- Lulu je veux bien passer cette dernière journée avec toi, mais pas de sous-entendu entre nous, on passe une journée entre amis si tu le veux bien ?

- Mais oui qu'est-ce que tu croyais

Oh la honte !!! Zozo est en train de s'étouffer de rire, quand il poursuit :

- Je dois récupérer Denis, et Polo qui vont passer la journée avec nous aussi.

- Trop cool, mais alors l'autre soir dans le Zouk….

- Qui ne tente rien n'a rien, mais t'inquiète j'ai de quoi me retourner.

- Mais en fait. Tu es un gros proc !

- Non je suis honnête, c'est tout, je suis comme ça !

Tout en discutant, Lulu nous conduisait au rendez-vous, sur la place des taxis de Sainte Marie. Chemin faisant, même si je me suis senti ridicule, j'ai fini par apprécier Lulu, prétentieux, mais sincère du coup on sait à quoi s'en tenir. Et ça j'adore.

47

La journée finie, nous nous retrouvons comme prévu à Trinité, chez l'ami de Lulu, malgré une journée mémorable, intense et riche en émotion, randonné, découverte, rigolade et petits flirts, nous nous laissons porté par l'ambiance du zouk, presque toute la nuit, jusqu'à ce que Zozo me fasse signe de la rejoindre sur la terrasse.

Je la rejoins tout en me rendant compte qu'il est déjà 4h du matin, et que j'étais en train de danser comme une folle entourée d'inconnue comme si c'était mes meilleurs amis. En la rejoignant je constate qu'elle semble très inquiète, du coup j'accélère le pas, et je retrouve ma Zozo toute stressée :

- Ils sont ou les trois frères, tu as vue l'heure qu'il est on n'est pas près d'être rentrée.

- T'inquiète on va bien trouver des personnes qui montent sur Bezaudin.

- Tu es sérieuse là ? il est hors de question que je monte en voiture avec n'importe qui. Tu ne t'inquiète pas plus que ça pour les garçons ?

C'est alors que mon téléphone me signale que j'ai un message, et en le consultant je constate que c'est Zéphire qui me demande de le rejoindre de toute urgence à l'hôpital, si je lui en parle elle va encore m'entrainer dans des Histoires abracadabrantes, et franchement je pense qu'a une chose c'est rentrer à Marseille et retrouver les miens, mais zéphire a besoin de nous donc.

- Zozo c'est Zéphire, il nous demande de le rejoindre à l'hôpital de toute urgence.

- Ma Lyli, ma sœur demain, on est dans l'avion, vient-on, les laisses avec leurs histoires à dormir debout, on se débrouille pour rentrer chez mamie, et demain le cauchemar sera terminé.

Tiens Zozo est dans le même état d'esprit que moi... Après avoir pesé le pour et le contre de façon ultra rapide, nous décidons ensemble de retourner dans l'appart et de trouver les garçons pour entrer à la maison. Nous avons fouillé la maison pièce par pièce et c'est au sous-

48

sol, dans une pièce aménagée en salle de jeux que nous les retrouvons, deux à la belotte et un au domino. En entrant dans la pièce Zozo s'exclame :

-   Allez les garçons c'est l'heure, on rentre !!!

Comme si, ils n'attendaient que ça, ils se lèvent et se dirigent, direction le parking. Une fois en voiture je glisse à l'équipe que j'ai un message de Zéphire qui nous demande de le rejoindre de toute urgence, Denis au volant, me répond :

-   Pa ni problème une dernière viré et on rentre !

Mais Zozo, qui est plus que blasée, ne l'entend pas de cette oreille et tiens à ce que nous rentrons. Malheureusement pour elle, l'hôpital étant tout près nous sommes déjà dans le parking. Nous sortons tous du véhicule et nous dirigeons vers l'entrée principale, et je me rends compte que je ne sais pas où nous devons nous rendre, l'accueil de l'hôpital est désert, je décide donc d'appeler Zéphire.

-   Zéphire nous sommes à l'hôpital, il n'y a personne à l'accueil, ou doit-on aller ?

-   Troisième étage chambre 329.

-   Ok on arrive.

Arrivés à l'étage toujours personne, nous nous trouvons dans de longs couloirs sombres, avec des lumières clignotantes en haut de plusieurs portes de chambres, et des bips sortant de ci, delà. Enfin nous nous, trouvons devant la porte de la chambre de monsieur Babou, la porte est entre ouverte, c'est une chambre double et nous trouvons Zéphire seul la tête entre les mains, assis sur un des deux lits qui sont bizarrement, tous les deux vide mais défait.

Nous sommes tous les quatre sans voie, C'est Denis qui demande à Zéphire :

-   Ou sont Monsieur Babou et ton Père ?

Zéphire redresse la tête, nous regarde d'un air désemparé, expliquant que depuis son arrivée, il est au chevet de monsieur Babou, avec son père, sans plus d'information sur le diagnostic des médecins, et que celui-ci semblait reprendre des forces. Voyant notre agacement face à la lenteur de ses réponses, Il poursuit très mal à l'aise.

- Vers 4heure je suis sorti de la chambre jusqu'au hall pour me prendre un café et quand je suis retourné dans la chambre, j'ai trouvé la chambre vide, personne. Je me suis rendu dans la salle des infirmières je n'ai trouvé personne, et là ! j'ai envoyé le message pour que vous m'aidiez en suite j'ai actionné le bouton d'appel mais personne n'est venu.

Pendant les explications de Zéphire, nous entendons dans le couloir des hurlements de femme, qui nous font tous, sortir de la chambre.

Une fois dans le couloir, les hurlements continuent vers le fond. Nous nous précipitons donc vers les cris, telle, des sauveurs à la rescousse, jusqu'à une porte que nous ouvrons avec violence et sans réfléchir. Là ! Grand silence et grosse frayeur, nous nous trouvons face à une infirmière qui nous anesthésie de son regard foudroyant, nous avons interrompu des soins quelle donnait à une patiente douillette.

Confus et désolés nous sortons et refermons la porte aussi vite qu'a l'arrivé et une fois dans le couloir nous sommes prise d'un fou rire de dura pas longtemps puisque, en nous tournant vers la chambre nous nous rendons compte que Zéphire, n'était pas avec nous durant tout ce temps. Là Zozo très agacé qui se trouvait devant nous, se retourne brutalement en stoppant notre élan et dit :

- Écoutez, il est maintenant 5h le soleil et presque levé les histoires de fou c'est terminé dans six heures on est dans l'avions, j'ai ma valise à boucler on y va !

En effet la journée a été longue nous nous regardons et sans mot dire, nous reprenons notre marche, pour rentrer. En passant devant la chambre de monsieur Pagnon, nous entendons des voies, c'est donc machinalement que nous poussons la porte entre-ouverte, et là, nous trouvons ces messieurs allongés sur un lit avec Zéphire sur une chaise entre les deux lits en pleine discussion.

50

Je m'en souviens comme si c'était hier, complètement blasé nous avons fini par quitter l'hôpital, et sommes rentré pour boucler nos valises.

Jusqu'à ce jour je n'avais jamais pensé à toute cette histoire aussi sérieusement.

Toujours le balais à la main face aux buissons je tourne les talons en prenant conscience du danger que cours mes enfants, je cherche, Alycia Elodie et jean Christophe dans tous le jardin, j'aperçois JC qui retourne dans la chambre mais pas les filles, j'essaie de garder mon calme quand un nuage de luciole fait le tour du jardin pour finir au-dessus du fameux buisson, la lumière des lucioles me permet de voir entre les buissons mes filles, je m'approche sans réfléchir et je vois s'enfuir deux grandes ombres. Le nuage de luciole se disperse et je voie mes filles sortir des buissons, comme si rien ne c'était passé.

Rassurée mais très intriguée, j'attrape les filles, au même moment mamie Jeannette sort de la maison pour aller dans la cuisine préparer le café, j'en profite pour faire prendre une bonne douche aux filles et JC pour ensuite nous installer pour prendre le café avec Mamie.

Les réactions excessives, qu'avait eu mamie il y a vingt ans me revienne, aussi je décide de parler de tout et de rien, sauf de notre mésaventure du matin. Le petit déjeuné terminé Mamie nous quitte pour aller récolter ses légumes.

Toujours intriguée par ce qui c'était passé et par le retour de tous ces souvenirs et histoires de fous, je décide de me rendre chez monsieur Pagnon.

J'aurai préféré m'y rendre sans les enfants, mais étant toute seule et très impatiente comme toujours, j'organise une excursion avec ma petite tribu vers le haut du bourg. Pour rendre l'excursion agréable nous nous arrêtons à chaque rencontre, fruit, fleurs, chèvre, bœuf, poulet, cochon, chien, chat, jusqu'à la maison de Monsieur Pagnon.

Une fois devant la porte, je tape et retape sans réponse, je fais donc le tour de la maison pour voir sous l'arbre autour de la même table, trois hommes en grande discussion. En nous voyant ils restent figés et du coup nous nous arrêtons, d'avancer, mais un des hommes lance :

51

-   Vient-on t'attendait.

Rassurée, je rejoins les trois hommes et je reconnais Zéphire, son père, et Monsieur, Babou. Mal grès tous les souvenirs perturbants qui refont surface je suis contente de les revoir.

Je laisse les enfants jouer et boire, dans la source qui est toute proche de l'arbre et je m'installe avec les trois hommes.

Monsieur Babou me dit :

-   Merci d'être revenu et d'avoir brisé le sortilège, nous allons pouvoir enfin vivre normalement.

-   Mais enfin je n'ai rien fait, justement je venais parce que ce matin....

Pendant que j'essayais de comprendre, les détails de ce matin refaisaient surface, les paroles de monsieur Babou résonnaient en moi, et beaucoup de questions se bousculaient dans ma tête sans réponse. Les trois hommes sont-ils de la même lignée, qui est vraiment le père de Zéphire, que c'était-il passé le soir ou nous étions à l'hôpital.... Des questions à me rendre folle. Finalement Mamie Jeannette n'avait pas tort Parfois il vaut mieux ne pas trop fouiller dans les histoires que l'on ne comprend pas. Alors que j'étais perdu dans mes pensées, les trois hommes regardaient les enfants qui se rapprochaient d'eux, C'est alors qu'Élodie dit à Alycia :

-   Louloute ! Regarde les magiciens de ce matin, les chiens qu'on a caressés...

Et Alycia tout près de Babou et de Zéphire qui étaient côte à côte dit :

-   Oui plus chien !

A ces mots, toutes les questions sont élucidés l'irréel devient réel, je me rends compte que finalement, beaucoup de choses nous entourent bien ou mal et que seul notre conscience nous permet soit, de les ignorer et de vivre dans l'incertitude, soit d'ouvrir les yeux, de comprendre, et de vivre pleinement quoi qu'il en coûte.

AUX FRONTIÈRES DE L'IRRÉEL

© 2023, LYDIA BOYE-DON

Éditions : BoD

– Books on Demand, info@bod.fr.

Impression: BoD

– Books on Demand,

In de Tarpen 42, Norderstedt (Allemagne) .

Impression à la demande

ISBN : 978-2-3220-1023-3

Dépôt légal : Janvier 2023